সূর্যোদয় পত্রিকা

আত্মপ্রকাশ সংখ্যা

সম্পাদনায় – সুতপা বন্দোপাধ্যায় ও
গোপা ঘোষ

Copyright © Editor - Sutapa Bondyopadhyay And Gopa Ghosh
All Rights Reserved.

This book has been self-published with all reasonable efforts taken to make the material error-free by the author. No part of this book shall be used, reproduced in any manner whatsoever without written permission from the author, except in the case of brief quotations embodied in critical articles and reviews.

The Author of this book is solely responsible and liable for its content including but not limited to the views, representations, descriptions, statements, information, opinions and references ["Content"]. The Content of this book shall not constitute or be construed or deemed to reflect the opinion or expression of the Publisher or Editor. Neither the Publisher nor Editor endorse or approve the Content of this book or guarantee the reliability, accuracy or completeness of the Content published herein and do not make any representations or warranties of any kind, express or implied, including but not limited to the implied warranties of merchantability, fitness for a particular purpose. The Publisher and Editor shall not be liable whatsoever for any errors, omissions, whether such errors or omissions result from negligence, accident, or any other cause or claims for loss or damages of any kind, including without limitation, indirect or consequential loss or damage arising out of use, inability to use, or about the reliability, accuracy or sufficiency of the information contained in this book.

Made with ♥ on the Notion Press Platform
www.notionpress.com

সূর্যোদয়

আত্মপ্রকাশ সংখ্যা

সম্পাদিকা - সুতপা বন্দোপাধ্যায় ও গোপা ঘোষ

সূর্যোদয় পত্রিকার এটি আত্মপ্রকাশ সংখ্যা। মূলত নতুন লেখক/লেখিকাদের প্রথম সোপান হিসাবে এই পত্রিকার উদয়। পত্রিকাটি সবার মন জয় করবে এটাই আশা।

বিষয়বস্তু

অনুক্রমণী	vii
ভূমিকা	ix
স্বীকার	xi
প্রস্তাবনা	xiii
1. ইসকুল থেকে ই-স্কুল-ব্রহ্মচারী রবীন্দ্রনাথ	1
2. মাতাল মন-রবীন্দ্রনাথ বিশ্বাস	3
3. প্রেমে 'অবৈধ' শব্দটা-অমরনাথ ঘোষ	4
4. একটি মেয়ে- সোমা ব্যানার্জি	5
5. বৃষ্টির চাদর-অনুপম দাস	7
6. যদি চলে যেতে বলো-রীতা মুখার্জী	8
7. দূরত্ব-অমিতাভ চক্রবর্তী	9
8. কল্পনা-অনিতা মন্ডল	10
9. শীতের শেষে এক বিচিত্র অনুভবে-গৌরাঙ্গ মুখোপাধ্যায়	11
10. সুখ-তন্দ্রা ব্যানার্জী	12
11. অভিমানী মন- শ্যামল ভট্টাচার্য	13
12. কল্পনার বৃষ্টি-অনুপমা ঘোষ	15
13. পরের জন্মে-সিনু মন্ডল	16
14. অটুট-মোমিতা ব্যানার্জি	17
15. বর্ষা সোমা জানা	18
16. সে কি কেবলই যাতনাময়-ডঃ পার্থ চট্টোপাধ্যায়	19
17. গল্প কিন্তু সত্যি-সুতপা বন্দ্যোপাধ্যায়	21
18. স্বপ্ন যদি সত্যি হতো-শঙ্কর ব্রহ্ম	23
19. শর্মিলার সারাদিন-রীতা মুখার্জী	25
20. বকুল ফুল-প্রবীর সাধুখাঁ	26
21. তবুও তোমারই জন্য-সৃজিতা	28
22. রেসোলিউশন-সূর্য্যানী	31

• v •

বিষয়বস্তু

23. ক্ষর-অক্ষর সংবাদ চন্দন পাত্র	35
24. বাঁচা-পৌষালী	37
25. মনের সায়-গোপা ঘোষ	39
26. তাবিজ অভিজিৎ গুপ্তা	41

অনুক্রমণী

সূর্যোদয় পত্রিকা

সম্পাদিকা - সুতপা বন্দোপাধ্যায় ও গোপা ঘোষ

গ্রন্থ সত্ব - সূর্যোদয় পত্রিকার লেখক - লেখিকাবৃন্দ

প্রচ্ছদ - গোপা ঘোষ

অক্ষর বিন্যাস ও গ্রন্থ সজ্জা - গোপা ঘোষ

লেখার দায় লেখক লেখিকার, পত্রিকার নয়। অনিচ্ছাকৃত ভুল ত্রুটি মার্জনীয়।

ভূমিকা

সম্পাদকীয়

    গভীর রাত পেরিয়ে এসে দাঁড়িয়েছি এক আশ্চর্য সূর্যোদয়ের সামনে। রাতের আকাশে অগুনতি তারার মাঝে যার স্থান হয় নি সে আজ সকালের আকাশ আলো করে উদীয়মান। অনেকদিনের প্রচেষ্টা আর হৃদয়ের মাঝে পুষে রাখা স্বপ্নটা এবার হয়ত পূরণ হওয়ার পথে। বর্তমানে মানুষের মরুময় জীবনের ব্যস্ততায় সাহিত্য চর্চা যেনো একটুকরো মরুদ্যান হয়ে বেঁচে থাকে, সেই প্রয়াসেই সূর্যোদয় আজ উদীয়মান। নিজের লেখা ছাপার অক্ষরে দেখার আনন্দই আলাদা। এই পত্রিকাটি মূলত নতুন লেখক লেখিকাদের জন্যই। বিন্দু বিন্দু জলেই হয় সাগর তাই আজ যে লেখা খ্যাতনামা পত্র পত্রিকায় ছাপার অযোগ্য বিবেচিত হয়ে যাচ্ছে, সেই লেখাই পরে সমাদৃত হবে না, সেটা কেউ বলতে পারে না। তাই লেখার অভ্যাস না ছেড়ে তাকে চর্চার মাধ্যমে উন্নত করে তোলার আহ্বান জানায় সূর্যোদয় পত্রিকা।

    সম্পাদিকা - গোপা ঘোষ

স্বীকার

উপদেষ্টা মণ্ডলী - ডঃ পার্থ চ্যাটার্জি এবং সূর্যাণী ভট্টাচার্য।

প্রস্তাবনা

কবিতা বিভাগ ঃ-

১। ইসকুল থেকে ই-স্কুল-ব্রহ্মচারী রবীন্দ্রনাথ
২। মাতাল মন-রবীন্দ্রনাথ বিশ্বাস
৩। প্রেমে 'অবৈধ' শব্দটা-অমরনাথ ঘোষ
৪। একটি মেয়ে- সোমা ব্যানার্জি
৫। বৃষ্টির চাদর-অনুপম দাস
৬। যদি চলে যেতে বলো-রীতা মুখার্জী
৭। দূরত্ব-অমিতাভ চক্রবর্তী
৮। কল্পনা-অনিতা মন্ডল
৯। শীতের শেষে এক বিচিত্র অনুভবে-গৌরাঙ্গ মুখোপাধ্যায়
১০। সুখ-তন্দ্রা ব্যানার্জী
১১। অভিমানী মন- শ্যামল ভট্টাচার্য
১২। কল্পনার বৃষ্টি-অনুপমা ঘোষ
১৩। পরের জন্মে-সিনু মন্ডল
১৪। অটুট-মোমিতা ব্যানার্জি
১৯। বর্ষা - সোমা জানা

গল্প বিভাগ ঃ-

১। সে কি কেবলই যাতনাময়-ডঃ পার্থ চট্টোপাধ্যায়
২। গল্প কিন্তু সত্যি-সুতপা বন্দ্যোপাধ্যায়
৩। স্বপ্ন যদি সত্যি হতো-শঙ্কর ব্রহ্ম
৪। শর্মিলার সারাদিন-রীতা মুখার্জী
৫। বকুল ফুল-প্রবীর সাধুখাঁ
৬। তবুও তোমারই জন্য-সৃজিতা
৭। রেসোলিউশন-সূর্য্যানী
৮। ক্ষর-অক্ষর সংবাদ -চন্দন পাত্র
৯। বাঁচা-পৌষালী

১০। *মনের সায়-গোপা ঘোষ*

১১। *তাবিজ-অভিজিৎ গুপ্তা*
”

1

ইসকুল থেকে ই-স্কুল-ব্রহ্মচারী রবীন্দ্রনাথ

আর পড়ে না বুড়ির বাড়ীর
কুল গাছেতে ঢিল
খেলতে গিয়ে কেউ খায় না
সঙ্গী সাথীর কিল।
রাস্তায় বসে কেউ করে না
ধূলো নিয়ে খেলা
যেমন ভাবে কাটিয়েছিলাম
মোদের ছেলে বেলা।
মা বাবাদের কপালে ভাঁজ
চিন্তা ছেলের স্বাস্থ্য
ছেলে থাকে সকাল বিকাল
মোবাইল নিয়ে ব্যস্ত।
ছেলে ছোকরার দল করে না
পাড়ায় অত্যাচার
ঘরে বসে মোবাইল ঘেঁটে
দিন হয় কাবার।
অনলাইনএ পড়াশোনা
অনলাইনে খেলা

আস্তে আস্তে হারিয়ে যাচ্ছে
সুন্দর ছেলেবেলা।
পাঠশালাতে যায় না শোনা
বাচ্ছাদের কলরব
ইসকুলে আর হয় না যেতে
ই-স্কুলে হয় সব।

2

মাতাল মন–রবীন্দ্রনাথ বিশ্বাস

পূবের আলোয় ফুটল বুঝি
মন ভোলানো ফুল
নয়ন মেলে দেখি হোথা
গান শোনায় বুলবুল।
সোনালী আলোয় ভাসছে সবই
ভাসছে আমের মুকুল
পাখিদের ওই কলতানে
মন আজি মশগুল।
হারিয়ে যেতে নাই কো মানা
ফুল ও ফলের মেলায়
রূপ, রস, গন্ধে ভরা
আজকে সকালবেলায়।
রঙীন নেশায় মন মেতেছে
ভ্রমরের গুঞ্জন
প্রজাপতি পেখম নাচায়
শুনি পাখির কূজন।
অনেক আশা নীরব ভাষা
দেখি নয়ন মেলে
মনের কথা কইব কেবল
মনের মানুষ পেলে।

3

প্রেমে 'অবৈধ' শব্দটা- অমরনাথ ঘোষ

প্রেম-- বৈধ না অবৈধ
ক্ষেত্র --'মানুষ' বা 'হয়'
এর বিচার-- কে কয়?
এ বিচারাধীন নয়।
প্রেম-- বৈধ না অবৈধ
তর্ক নয় গ্রহণীয়:
প্রেম সদা স্বর্গীয়
স্বকীয় বা পরকীয়।----
প্রেমে 'অবৈধ' শব্দটা
মিথ্যা আবেশ প্রসূত
দুষ্টের মুখ নিঃসৃত
নিজ স্বার্থে উদ্ভূত।
প্রেমে 'অবৈধ' শব্দটা
গ্রাহ্য: যারা জানে আধা
পর মুখে শুনে সাধা
গতিশীলতায় বাধা।

4
একটি মেয়ে - সোমা ব্যানার্জি

একটি মেয়ের বুকের ভিতর অতল সাগর ঢেউ তোলে,
নীরব গভীর সাগর তলে
মুক্তো মানিক ঝলমলে।
একটি মেয়ের বুকের মাঝে
খান্ডব বন দহে,
অপার অসীম যন্ত্রনা সে
বিনা ক্লেশে সহে।
একটি মেয়ের বুকের ভিতর
অশ্রু বারির প্লাবন,
বাঁধ ভাঙে না, বান রোধে সে
পাঁজর দিয়ে প্রানপণ।
একটি মেয়ের আঁচল ধরে
দুঃশাসনের হুঙ্কার,
কৃষ্ণ সখা আর শোনে না
অসহায়ের চিৎকার।
একটি মেয়ে অসুর বধে
অস্ত্র তারি দশ হাতে,
একটি মেয়ে অন্ন দানে
নিরন্ন যে তার পাতে।
একটি মেয়ের বুকের ভিতর
ভালোবাসার বাসা,

তবুও তাকে বাজী রাখে
যুধিষ্ঠিরের পাশা।
একটি মেয়ের সন্ধ্যাপ্রদীপ
আঁধার ঘরে আলো,
সংসারেতে লক্ষ্মী আসুক,
হোক সকলের ভালো।
একটি মেয়ের স্নেহের আঁচল
মোছায় চোখের জল,
সারাজীবন সেই মেয়েটির
কান্নাই সম্বল!

5

বৃষ্টির চাদর-অনুপম দাস

গভীর চাদরে নরম আদরে ঝিনুক মাঝে মুক্ত,
শুক্ত তুমি অমৃত হলেও তবুও তুমি তেতো!
হাজার গোলাপ বাগান ভরা মনের গোলাপ কই?
হারিয়ে যাওয়া অতীত গুলো ভবিষ্যতে জীবন্ত সব মই।
চাওয়া পাওয়া হিসেব দলিল সবই সময় ছকে,
গোলাপ গুলো শুকিয়ে গিয়ে রং হয়েছে ফিকে!
হাতের কোলে হাতটাও একদিন তোমায় যাবে ছেড়ে,
রঙিন পৃথিবী বড়ই ধূসর আপন ভাবছো কারে?
গল্প কাহিনি মিথ্যেই সব পাতার উপর পাতা,
বৃষ্টির চাদরে কি হারিয়ে যায় স্মৃতির নীরব ব্যাথা?
প্রশ্ন গুলোই দিশাহারা, প্রশ্ন গুলোই ভুল,
উওর গুলো ধোঁয়াশা নেই তাল কুল!
একই বৃষ্টিতে ভাঙে গড়ে হাজার কোটি স্বপ্ন,
জীবন মানেই মায়ার সাগর, হৃদয় জুড়ে ভঙ্গ!
আশার পথেই কাঁটা ছড়ানো রক্ত ছড়ানো পথে,
তাইতো নোনা জলে বালিশ ভেজে নীরব বোবা রাতে!

6

যদি চলে যেতে বলো-
রীতা মুখার্জী

যদি চলে যেতে বলো , আমি ঠোঁটে আঙুল রাখবো
বিষন্ন রোদের দিকে চেয়ে রব অনন্তকাল ,
শুধু সাড়ে তিন হাত ভূমি দিও
সবুজ ধানের আলে যদি রয়ে যায় রক্তের দাগ
আমি শ্রাবণ হয়ে ধুয়ে দেবো ।
গোলাপ দিওনা আমায়
দিও না গভীর হৃদয় দিও না মুক্তার মতো অশ্রু
শুধু শিশির সিক্ত মাটির নিচে রয়ে যাব চিরকাল।
নব বর্ষণের নতুন জলধারায় যখন পৃথিবী হবে গর্ভিনি
আমার দেহের রক্ত রসে ভিজে যাবে পৃথিবী
তখন নতুনের সমাদর করো ।

7
দূরত্ব—অমিতাভ চক্রবর্তী

দাঁড়িয়ে আছি পাশাপাশি
গ্রিলের আল্পনার পেছনে
বা নীলিমা কাচের দরজায়
মাধবীলতা উঠে যায় সুহাস রোদ বেয়ে
রাধাচূড়া আর মন্দার ফোটে ইতস্তত
পথ চলতি লোকরা ভাবে
ভালোবাসা আছে!
বসে থাকি কাছাকাছি
সূর্যের রক্তিম অস্তরাগে
আরাম কেদারায়।
মৌন আবাসের দরজা বন্ধই থাকে
মায়াবতী জাহাজ ডুবে যায়
মৃত জ্যোৎস্না নিয়ে।
কোনো পদ্ম গন্ধ আর স্পর্শ করে না
একে অপরকে!
এক লবনাক্ত ঝর্ণাও হাত রাখে না
জমে ওঠা জলজ শেওলার উপরে।
পথ চলতি লোকরা ভাবে
নিরন্তর ভালোবাসা আছে!

৪
কল্পনা-অনিতা মন্ডল

কোনো এক দিন দেখবো তোমায়,
  ক্লান্ত চোখে ভাষাহীন এক পথিক রূপে।
  কপালে ভাঁজ, চোখে মুখেতে কতকিছু বলতে না পারায় ,
  কষ্ট গুলো লুকিয়ে এক মুচকি এক মুচকি হাঁসি হাসতে,
  দেখবো তোমায় এক যুগ পরে।
  মুখের দিকে তাকিয়ে বোঝানোর চেষ্টা করবে
  সেই তুমি,
  একযুগ না দেখে ও চিনতে পেরেছো আমায়।
  চোখের চশমা টা হাতে নিয়ে
  ভাবনায় হারিয়ে যাবে তুমি
  সময়ের কাঠগড়ায় , যার ঠিকানা বদলে গেছে ,
  বদলে গেছে জীবনের মানে।
  তোমার রঙ্গমঞ্চের নাটকের যাত্রাপালা থেমে গেছিল কোন এক বসন্তে।
  তোমায় দেখার অপেক্ষায় থাকা সেই 'আমি' কি এই আমি! যার স্বপ্নে আনাগোনা ছিল তোমার ।
  চলতে থাকা পা দুটো থমকে যাবে, স্মৃতির পাতা থেকে মুছে যাওয়া নামের মানুষটির সামনে।

৭

শীতের শেষে এক বিচিত্র অনুভবে–গৌরাঙ্গ মুখোপাধ্যায়

শৈত্যের দাবী সাধ্যমতোই পুরায়ে
শীতঋতুটির কাল ক্রমে এলো ফুরায়ে--
দ্বারেতে দাঁড়ায়ে নব বসন্ত দিন,
শীতের আলাপে বাজে বিদায়ের বীণ
বিবর্ণ যতো পাতাদের রাশি উড়ায়ে
শীত চলে যাবে জীর্ণতা যত কুড়ায়ে...
বসন্ত আসি' করিবে মর্ত্যজয়
নব আনন্দে ডালি ভরা সঞ্চয়
শুষ্ক বৃক্ষে নব পত্রোদ্গম
পুষ্পবিতানে ভৃঙ্গের সঙ্গম
জানাবে সে জানি জীবনের নাহি ক্ষয়
প্রকৃতির মাঝে আনন্দ অক্ষয়!!

10
সুখ-তন্দ্রা ব্যানার্জী

সুখের আশায় বসি সবাই।
সুখ সে এক অচিন পাখি।
দুখের কথা ভেবে ও সুখ
সকল দুঃখ কে দেয় সে ফাঁকি।
ভালবেসে কেউ ভীষন সুখী
কেউ না পেয়ে বেজায় দুখী
কেউ ভবিষ্যতের কথা ভেবে
কল্পনা তেই অনেক সুখী।
আমি আছি তোমার পাশে
এই জানাতে তুমি সুখী।
সব সুখের মূলে থাকেই
নিজের কাছে নিজে সুখী।
তাই দুঃখ টাকে ভাসিয়ে দাও
সুখ কে রাখো দুহাত ভরে।
সব দুঃখ হরেন যিনি।
তাঁর স্মরনে ভাসাও নাও।।

11

অভিমানী মন- শ্যামল ভট্টাচার্য

প্রথম ভালবাসার প্রথম কথা
পাগলী তোকে বড্ড ভালবাসি।
একরাশ মুগ্ধতা নিয়ে দেখলাম
তোমার মধুর হাসি।
ভালবাসলাম তোমায় পাগলকরা ভালবাসা।
সব নিষেধ সব বাঁধনছেড়ে
ভাললাগার ভালবাসা।
তুমি তো তখন রাজপুত্র হয়ে
যেন বিরাট কোন যুদ্ধ করেছ জয়।
আমার মনে ক্ষনেক দোলাচল
সব পেয়েও হারিয়ে ফেলার ভয়।
দুজনে একসাথে ভাসিয়ে দিলাম ভালবাসার খেয়া।
একসাথে চলব দুজনে
চলুক না মনটা দেয়া নেয়া।
কিছু বছর কাটলো এমনতর
দুজনাই দুজনকে নিয়ে মত্ত।
হঠাৎ একি ভীষন তর তত্ব
কিছু ছিল গোপন তোমার কথ্য।
জানতে পেরে আকুল হয়ে ওঠে ।
মোর অভিমানী মন যে ওঠে দুলে।
সব ভুলে যায় যা ছিল সেকথা।

শুধু ভুলতে পারে না একটাই সে কথা।
গভীর প্রেমের ছোঁয়া ছিল সে কথা য়।
একটা কথা সেই সে কথা পাগলী
তোকে বড্ড ভালবাসি

12
কল্পনার বৃষ্টি-অনুপমা ঘোষ

হঠাৎ করে এক পশলা ঠান্ডা বৃষ্টি নামলে,
হঠাৎ করে বিদ্যুৎ আকাশে গর্জে উঠলে,
তখন আমার হাতে শুধু হাতটা তোমার চাই,
ক্লান্তি সব দূরে ফেলে তখন ভিজবো দুজনাই,
হয়তো কখনো ভিজতে ভিজতে না হয়
চলেই গেলাম একটু দূরে
তুমি কিন্তু ওখানেই থেকো
কোথাও যেও না সরে
দুজনে শেষে ক্লান্ত হয়ে পড়লে,
বেলা গড়িয়ে শেষে ঠান্ডা নামলে,
ফিরবো দুজনায়
অবশেষে যখন বাড়ি,
মুখে হাসি থাকলেও মনটা
যেনো লাগবে বড্ড ভারি।
হয়তো এই বৃষ্টিতেই হবে দেখা
তোমার সাথে আবার
এ বৃষ্টি যে ভারী সহজ,
এ যে কল্পনারই বৃষ্টি
যখন তখন আসতে পারে,
এ যে বোকা মনেরই এক সৃষ্টি।

13
পরের জন্মে-সিনু মন্ডল

যা এই জন্মে বেঁচে নে,
   তুই থাক অন্য কারো।
সহ্য কর কষ্ট, অবহেলা, লাঞ্ছনা,
   পরের জন্মে এসবের বিন্দুমাত্রও হবে না।
এখন উঠিস কাক ভোরে এদিকে ওদিক ছুটিস,
   পরের জন্মে না হয় আমার সাথেই উঠিস।
বৃষ্টির দিনে শুকনো মনে একা একা বৃষ্টি দেখিস,
   তখন না হয় বৃষ্টি হলে আমার সাথেই ভিজিস।
এখন তো সব কিছু তে মুখ বুজে নিজেকে মানাস,
   তখন না হয় আমার কাছে একটু তেই গাল ফোলাস।
এখন মন খারাপে একা একা বসে থাকিস,
   তখন না হয় মন খারাপে আমার কোলে মাথা রাখিস।
এ জন্মের ভালোবাসা, রাগ, অভিমান, আদর, যত্ন
চাওয়া, পাওয়া সব গুছিয়ে রাখ যত্ন করে,
   পরের জন্মে এগুলো শুধু খরচ করবি শুধু আমার তরে।
এ জন্মে তো হারিয়ে যাবি জানি,
   তোর পায়ে শিকল পরা বাঁধা।
থাকতে হবে এ জন্মেতে একা।
পরের জন্মে তুই শুধু আমার হবি
   শুধু আমার, আমার সকাল বেলার রবি !

14

অটুট-মোমিতা ব্যানার্জি

দিন তুমি বসে থাকো না
শুধু দিনের পর দিন
ঢেউ তুমি থেমে থাকো না
শুধু ঢেউয়ের পর ঢেউ
মেঘ তুমিও থেমে থাকো না
শুধু মেঘের পর মেঘ
মানুষ তুমিও দাঁড়িয়ে থাকো না
শুধু চরৈবেতি চরৈবেতি
পিরামিড তুমি শুধু মমিকে বুকে করে
স্থির ঠাকো, উত্তর আকাশে
ধ্রুব তারা যথা।

15
বর্ষা সোমা জানা

বর্ষা মানেই মেঘলা আকাশ,
  বর্ষা মানেই বৃষ্টি,
  বর্ষা মানেই শুকনো পাতায়, নতুন প্রাণীর সৃষ্টি।।
  বর্ষা মানেই ছাতা বর্ষাতি
  ভেজা মাটির গন্ধ,
  বর্ষা মানেই নতুন কিছু গান
  বর্ষা মানেই ছন্দ।।
  বর্ষা মানেই কাজকর্মের বিরাম, বর্ষা মানেই ছুটি,
  বর্ষা মানেই বানাই নৌকা, সাজিয়ে আমরা জুটি।।
  বর্ষা মানেই কবির কবিতা,
  গগনে গরজে মেঘ,
  বর্ষা মানেই স্মৃতি মনে পড়া
  বর্ষা মানেই আবেগ।।
  বর্ষা মানেই চাষীর হাসি
  বর্ষা মানেই ফসল,
  বর্ষা মানেই রথ টানাটানি
  বর্ষায় খুশি সকল।।

16
সে কি কেবলই যাতনাময়-ডঃ পার্থ চট্টোপাধ্যায়

অনুপম ঠিক করেই ফেলেছিলেন যে চাকরি থেকে অবসর নেওয়ার পর আর ভাইপোদের সঙ্গে থাকবেন না। একথা তিনি বলেও দিয়েছিলেন ওদের কয়েকবার। অনুপম নিজে বিয়ে করেননি। কেন করেননি কারণ কেউ জানতে চাইলে আগে এড়িয়ে যেতেন যাহোক কিছু বলে। এখন জীবনের এই পড়ন্ত বেলায় ওই বিষয়ে কেউ আর প্রশ্ন করে না। ভাইপোদের বলেছেন এতদিন সুস্থ সবল ছিলাম চাকরি করেছি, তোমাদের সংসারে তোমাদের সঙ্গে থেকেছি। অবসরের পর মানে বয়স বাড়ার সঙ্গে সঙ্গে রোগ বালাই বাড়বে, তোমাদের অসুবিধা হবে আমাকে নিয়ে... তাই আমি ঠিক করেছি যে ওল্ড এজ হোমে চলে যাবো। আমার দেখা হয়ে গেছে। ব্যবস্থা খুব ভালো। ভাইপোরা অনুপমের কথার উপর কথা বলতে পারেনি আর...।

অবসরের পরের দিনই নিজের প্রয়োজনীয় জিনিসপত্র নিয়ে হাওড়া জেলার একদম প্রান্তিক এলাকায় রূপনারায়ন নদের ধারেই বলা যায় এই 'বেলা শেষের সাথী' নামে বৃদ্ধাবাসে অনুপম এসে উঠেছেন। এর আগে কয়েকবার এসেছিলেন কিরকম কী সব ব্যাপার স্যাপার জানতে, আলাপ পরিচয় হয়েছিল আগেই। অনুপম সদ্য ষাট পেরিয়েছেন এখনো সেরকম কোন অসুস্থতা নেই। শুধুমাত্র একটু প্রেসার বেশি। ওষুধ খেয়ে সব ঠিকঠাক। কথা হয়ে আছে, এদের অফিসিয়াল কাজে অনুপম সাহায্য করবেন।

পুরুষ ও মহিলা নিয়ে এখানে প্রায় ষাট জন আবাসিক। কেউ কেউ খুবই সুস্থ রয়েছেন। কয়েকজন অসুস্থ। তবে যতটা না শারীরিক মানসিকভাবে তারা একটু বিপর্যস্ত। বেশ কিছুদিন হয়ে গেছে অনুপম এখানে এসেছেন,এখানকার কাজকর্মের সঙ্গে

• 19 •

নিজেকে জড়িয়ে ফেলেছেন। অনুপমের মধ্যে একটা আমুদে স্বভাব আছে। ফলে এখানে এসে খুব তাড়াতাড়ি সকলের মন জয় করে নিয়েছেন অনুপম একদম দম ফেলার পান না।

একদিন সকালে বাইরে থেকে ফিরছেন দেখেন অফিসের সামনে একটা বেশ বড়োসড়ো গাড়ি দাঁড়িয়ে আছে। বেশ অবস্থা পণ্য বোঝাই যায়। দুজন মধ্যবয়স্ক পুরুষ এদের মধ্যে একজনকে অনুপম চেনেন কিছুদিন আগেই ওর মায়ের জন্য খোঁজ খবর করতে এসেছিলেন। ওদের বাবা সদ্য গত হয়েছেন ওরা দুই ভাই বাইরে থাকে কর্মসূত্রে অথচ মা খুব জেদী কারো কাছে গিয়ে থাকবেন না তাই এখানে ব্যবস্থা অনুপম এগিয়ে গেলে শুনতে পান মহিলা চেঁচিয়ে চেঁচিয়ে বলছেন, আমি আগে ঘর দেখব তারপর ঠিক করব এখানে থাকবো কি না! ছেলেরা বোঝানোর চেষ্টা করছে, মা তোমার কথা মতোই তো নদীর ধারে নেচারের মধ্যে তোমার জন্য এই হোমটা ঠিক করেছি। ঠিক আছে দ্যাখো... কিন্তু আমরাও আর কতদিন অফিস কামাই করে এখানে থাকবো।

অনুপম পায় পায়ে এগিয়ে আসে বহুবছর আগের কথা মনে পড়ে যায়। ওর বিয়ে না হওয়ার কারণ মূর্তিমান হাজির চোখের সামনে... ওর বুকটা ছলাৎ করে ওঠে। রসিকতা করার সুযোগটা হাতছাড়া করার সুযোগ ছাড়তে চান না অনুপম। কি ম্যাডাম! চিনতে পারছেন! একবার ফাঁকি দিয়েছেন কিন্তু এবার কি হবে? আর তো পালাতে পারবে না।

মহিলা এক পলক অনুপমের মুখের দিকে তাকান। বলেন অনু... এখানেও তুই!!! আমি মরছি নিজের জ্বালায়, তুই আর জ্বালাস নি। গজ গজ করতে করতে ছেলেদের বললেন, ঠিক আছে আমি এখানেই থাকবো।

17

গল্প কিন্তু সত্যি–সুতপা বন্দ্যোপাধ্যায়

২৬ শে জানুয়ারি প্রজাতন্ত্র দিবসে আমাদের আবাসনে অনুষ্ঠানের আওয়াজ ভেসে আসছে। মোটর সাইকেলের ধাক্কায় আঘাতপ্রাপ্ত আমি এই মুহূর্তে বিছানায় শুয়ে। মনটা চলে গেল একটা ঘটনার কথায়। আমি যে গল্পটি শুনেছি আমার শ্বশুরমশাইয়ের কাছে। গল্প বলছি বটে কিন্তু ঘটনাটা একদম সত্যি। আমার শ্বশুর বাড়ি বাগনানের হাওড়া জেলায় চন্দ্রপুর গ্রামে। এখন যে গ্রাম সভ্যতার জোয়ারে ভেসে গেছে, সেসময় ছিল অজ গ্রাম। বলে বনমালীপুরে সন্ধ্যে নামলেই রান্না খাওয়া সেরে সারাদিনের পরিশ্রান্ত শরীরগুলো বিছানায় এলিয়ে পড়তো। আমার শ্বশুর মশাইয়ের পিতা স্বর্গীয় নটোবর বন্দ্যোপাধ্যায় একজন পন্ডিত মানুষ ছিলেন। তিনি সৎ আদর্শনিষ্ঠ এবং মানুষ গড়ার কারিগর ছিলেন। একদিন মধ্যরাতে উনি আমার শশুর মশাই কে চুপিসারে ডাকলেন "তুলো (আমার শ্বশুর মশায়ের ডাক নাম) ওঠ ওঠ এক্ষুনি তোকে কয়লা কাকার বাড়িতে যেতে হবে।" উনি তো হতভম্ব "এত রাতে গয়লা কাকার বাড়ি? এই অন্ধকারে শ্মশানের বোন পেরিয়ে আমি যেতে পারব না"। খুব স্বাভাবিক কারণ ওনার বয়স তখনকার দশ কি বারো। এই বয়সের ছেলে ভয় পাওয়াই স্বাভাবিক। কিন্তু বাবার কথার অবাধ্য হতে পারলেন না। আমার শ্বশুর বাড়ি ছিল মাটির দোতলা। উনি চোখ কচলাতে কচলাতে নিচে এসে দেখেন তিন চারজন গেরুয়া পরা সৌমক্রান্তি লোক। বাবা তো ছেলেকে পই পই করে বলে দিলেন " শোনো গয়লা কাকা যদি জিজ্ঞেস করে কে এসেছে বলবে মামার বাড়ি থেকে অতিথি এসেছে। ঘরে আনাজ নেই তাই এসেছি একদম বেশি কথা বলবে না"। তুলোবাবু তো রাম নাম জপতে জপতে গয়লাবাড়ি পৌঁছালো। গয়লা তো হতবাক হয়ে প্রশ্ন করে বসলো " এত রাতে ছোট বাবু যে কি ব্যাপার? কর্তা মশায়ের কিছু হয়েছে?" তুলো বাবু তো বাবার শেখানো মতো কথা বলল। সেদিনকার মত দুধ সংগ্রহ করে বাড়ি ফিরল। সে রাতে তুলো বাবুর মা ভাত আর দুধ দিয়ে অতিথি

আপ্যায়ন সারলেন। আর নটোবর বাবুর কড়া নির্দেশ বাড়ির কেউ যেন অতিথি সম্পর্কে মুখ না খোলে। সকালবেলা উঠোনে মেলা লোক সকলেই শুধায় "ও পন্ডিত মশাই তোমার অতিথিরা কোথায়?" তিনি জলদগম্ভীর স্বরে বললেন "সবাই চলে গেছেন কলকাতা তাদের কাজে"। আসল সত্য হলো সব অতিথিদের দোতলায় লুকিয়ে রাখা হয়েছে, বাইরের কোন লোকের প্রবেশাধিকার নেই। তিন চার দিন থাকার পর তারা চলে গেলেন। এরা চলে যাবার কয়েক ঘন্টা পরেই সারা বাড়ি গোরা পুলিশ ঘিরে ফেলে। বাড়ির লোকের থেকে তারা কোনো কথা বার করতে পারেনি। পরে জানা যায় ওই গ্রামেরই এক ব্রাহ্ম পরিবারের ব্যক্তি, যিনি চরবৃত্তি করতেন তিনি পুলিশে খবর দেন। এইবার সেই অতিথিদের পরিচয় দিই। তিনি ছিলেন যতীন্দ্রনাথ মুখোপাধ্যায়। যাকে দেশের মানুষ বাঘাযতীন নামে চেনেন। দেশের মানুষের বিশ্বাসঘাতকতায় বাঘাযতীন আর তার সঙ্গীরা বুড়ি বালামের তীরে শহীদ হলেন। ওই চরটি যদি পুলিশকে না জানাতো তাহলে গোড়া-পুলিশ হয়তো বা ওদের ধরতে পারত না। ভারত মাতার সন্তানদের প্রাণ এভাবে অকালে ঝরে পড়তো না।

18

স্বপ্ন যদি সত্যি হতো-
শঙ্কর ব্রহ্ম

এখনও মা এলো না শোবার ঘরে, রাত অনেক হয়েছে।

রান্নাঘরে কি যে এতো কাজ থাকে মার, তিতলি বোঝে না। তার খুব বিরক্ত লাগে, রাগ হয় একা একা শুতে।

ওমা একি? মায়ের বদলে ঘরে এসে ঢোকে রথের মেলা থেকে কেনা মাটির পুতুলটা। যার হাতটা তিতলি সে'দিন ভেঙে দিয়েছিল। সে এসে তিতলির সামনে দাঁড়ায়। পুতুলটা মায়ের মতো বড় হয়ে গেছে অনেক।

সে এসে বলল , তোর হাতটা এবার ভেঙে দিই আমি?

তিতলি রাগে ফেটে পড়ে। বলে, কি বললি? তুই আমার হাত ভাঙবি?

- হ্যাঁ ভাঙবোই তো, তুই আমার হাতটা সেদিন ভেঙে দিয়েছিস মনে নেই?

- বেশ করেছি।

- তবে রে, পুতুলটা তার কাছে এসে, হাত মুচড়ে ধরে বলে, তবে রে, তোকে দেখাচ্ছি মজা।

কী সর্বনাশ ! তিতলি মনে মনে ভয় পায়। তবু বুখে সাহস নিয়ে মুখে বলে, তোর তো খুব সাহস বেড়েছে রে ?

- বেড়েছেই তো। বলে সে হাক দেয়, এই,আয় তো তোরা কে কোথায় আছিস।

পুতুলটা বলার সঙ্গে সঙ্গে, তিতলি দেখে, সুর ভাঙা হাতীটা, চোখ ঘষা বাঘটা, নেড়ামাথা মোমের পুতুল, পা ভাঙা ভালুকটা সবাই এসে হাজির হয়েছে।

হাতিটা এসেই বলে, আমার সুর ভেঙেছিলিস তুই, এবার তোমার নাকটা আমি ভেঙে দিই ?

বাঘটা কাছে এসে বলে, আমি তোর চোখদুটো খুবলে নিই ?

ভালুকটা তিতলির একটা পা ধরে বলে টেনে বলে, আমি এবার ভেঙে দিই তোর এই পা-টা?

মোমের পুতুলটাও কম যায় না। তিতলির চুলগুলো টেনে ধরে বলে, ছিঁড়ে নিই তোর সব চুলগুলো ?

ভয়ে তিতলির বুকের রক্ত হিম হয়ে আসে। সে যে কি করবে বুঝে উঠতে পারে না?

মা মা বলে চিৎকার করে ডাকতে গিয়ে দেখে গলা দিয়ে স্বর বের হচ্ছে না।

সে ভীষণ জোরে চিৎকার করে ওঠে - মা আ আ আ আ....

তার চিৎকার শুনে, মা তার গায়ে হাত রেখে বলে ওঠে,কি রে, কি হয়েছে তোর ? ভয়ের স্বপ্ন দেখেছিস ?

মায়ের ডকে ঘুমটা ভেঙে গিয়ে, তিতলির মনে স্বস্তি ফিরে আসে। সে বলে, ,হ্যাঁ গো মা।

19

শর্মিলার সারাদিন-রীতা মুখার্জী

হাতে এক কাপ চা নিয়ে শর্মিলা এসে দাঁড়ালো প্রথম সূর্য ওঠা গ্রিলটার কাছে, উষ্ণ চায়ের কাপ থেকে ধোঁয়া উঠে তার চশমা পরা চোখে একটা হালকা সাদা পর্দা যেন পরিয়ে দিল ।

মন এখন সুদূর প্রসারি উড়ন্ত গাংচিল । জানলার পর্দা টা সে আলতো হাতে সরিয়ে দিতে দিতে গেয়ে উঠলো-- "যার লাগি ফিরি একা একা আঁখি পিপাসিত নাহি দেখা "

কিন্তু কার অপেক্ষায় এই কালাতিপাত ও বুঝে উঠতে পারল না, ওর মনের কোণে এই মুহূর্তে অনেক মানুষের মুখ । স্বামী, সন্তান অথবা---- সেই মানুষটা !

কলেজ ক্যাম্পাসে প্রথম দেখা, প্রথম চোখে চোখ । একটা মিষ্টি পূবালী পরশ লেগেছিল দুজনের -- কিন্তু প্রথম কার প্রাণে প্রশ্ন করে নি কেউ কাউকে । তবু লেগেছিল সে পরশ ।

একটু পাগল পাগল চুল গায়ে ঢিলে ঢালা পাঞ্জাবি কাঁধে শান্তিনিকেতনি ব্যাগ - ছিল ছেলেটার, আর শর্মিলার ছিল সাধারণ তাঁতের শাড়ি। সে ছিল একটা সময় ....

বিজ্ঞান বলে,-- হৃদয় মাত্র চারটি কুঠুরি । আর আমি বলি হাজারো কুঠুরি সেখানে, এক এক কুঠুরিতে এক একটি স্মৃতি রেখে দেওয়া থাকে ।সময় সুযোগ মতো পেড়ে আনতে হয় শুধু। তবে, চোরা কঠুরির সংখ্যায় বেশি -- যার হদিস সে কাউকে দেয় না । সেটা তার ব্যক্তিগত । মাঝে মাঝে টান পড়ে সে কুঠুরিতে -- উঁকি মেরে দেখতে চায় সে-- সযত্নে রাখা মুখগুলো তে ঝুল কালি মেখে যায়নি তো ! আবার রেখে দেয় আপন খেয়ালে । ব্যস্ত হয়ে পড়ে নগর জীবনে । এ- ক্ষন যে তার একান্ত ব্যক্তিগত ।

শীতল হাওয়ার স্পর্শে চা ক্রমশ ঠান্ডা হতে থাকে, তা হোক আবার এক কাপ করে নেওয়া যাবে । চায়ের কাপ পরিবর্তনের মতনই আজ সকালে চেনা মুখ গুলোর পরিবর্তন হচ্ছে দ্রুত........

20

বকুল ফুল-প্রবীর সাধুখাঁ

গেঁয়ো অশিক্ষিত ভিখারীর বাচ্চা গদাই-এর সরল অগোছালো বেফাঁস বক্তৃতা শেষে-- পুলিশ সুপারের চোখে গভীর অন্ধকার নেমে এলো !. ঘটনা এইরকম::--

গ্রামে আজ খুশির বন্যা,গদাই-এর ছেলে আইএএস অফিসার হয়েছে। গ্রামেরই এক মুদিখান দোকানে কাজ করে গদাই, গোবেচারা গরীব গাদাই দোকানের কাজের ফাঁকে কারুর ধান ঝেড়ে, কারুর জমিতে জল ঢেলে, কারুর ঘরের চাল ঠিক করে যে অতিরিক্ত পয়সা উপার্জন করে,সেটা দিয়েই সে তার মেধাবী একমাত্র ছেলে বকুল কে উচ্চ শিক্ষা দিয়ে আইএএস অফিসার করেছে, তাকে ঘিরেই আজ গ্রামের উৎসব উত্তেজনা -- তার জন্যই সরকারী উদ্যোগে বিশাল ব্যয়বহুল সংবর্ধনা সভা, উপস্থিত রাজ্যের সন্মানীয় মন্ত্রী, বিশিষ্ঠ রাজনৈতিক নেতা, বিভিন্ন সরকারী দফতরের আমলা, রাজ্যের বিশিষ্ট শিল্পপতি ব্যবসায়ী সাংবাদিক সহ বকুলের স্কুল কলেজের শিক্ষকগণ। পাশের দশ বিশটা গ্রামের কৌতুহলী জনতার ভিড়ে সভা প্রাঙ্গণে তিল ধারণের জায়গা নেই, সেখানে গুরুত্বপূর্ণ ভিআইপি দের মাঝে আটপৌড়ে পোশাকে বসে থাকা গেঁয়ো বাপ বেটা গদাই-বকুল সত্যি বড্ড বেমানান, জেলার পুলিশ সুপার নাসিম শাহ স্থানীয় প্রশাসনকে আগেই নির্দেশিকা দিয়েছিলেন উপস্থিত অতিথিদের পোশাক-আশাক,গুরুত্ব অনুযায়ী তাদের চেয়ার সাজানো, প্রতিটা চেয়ারের সামনে টেবিলের উপর নেমপ্লেট সহ জলের বোতল রাখা এমনকি বকুলের চেয়ারের সামনে যেন একটা বেশ দশাসই ফুলদানি থাকে !!. কিন্তু গদাই এর সাফ কথা ,"যে পোশাকে এতদিন বেড়ে উঠেছি ,সে পোশাকে যদি তোমাদের ওই কেতাবি মঞ্চে উঠতে না পারি তাহলে আমার আর যাওয়া হলো না , বকুল নাহয় তোমাদের দেওয়া কোর্ট প্যান্ট পড়েই যাবে!" অগত্যা.....

এদিকে নাসিম শাহের নিজেরই আসার ইছে ছিলো না, উচ্চশিক্ষার জন্য মেরিল্যান্ডে পাঠানো তার একমাত্র ছেলেটা সঙ্গদোষে মাদকচক্রে জড়িয়ে ,কাল রাত থেকে মার্কিন পুলিশের জালে বন্দী !!. শুধুমাত্র প্রশাসনের চাপেই একরাশ বিরক্ত মুখে সে আজ

উপস্থিত। যাই হোক বকুলকে ফুলের মালা চন্দন উত্তরীয় পরিয়ে শুরুহলো অনুষ্ঠান। একে একে বক্তারা তাদের বক্তব্য রাখছেন , সভামঞ্চ হাততালিতে ফেঁটে পড়ছে , কিন্তু হাততালি আসেনা অগণিত দর্শকদের কাছ থেকে,সেসব গুরুগম্ভীর ইংরেজি মেশানো ডিপ্লোমেটিক ভাষণ তাদের বোঝাগম্যাতার বাইরে, তারা একঠাঁয়ে দেখতে চায় তাদের বকুলকে ,তাদের গদাইকে। একসময় বকুলেরও বক্তব্য তাদের মাথায় এলো না,তারা হতোদ্যম,তারা নিরাশ। এরপরই সঞ্চালকের অনুরোধ ধেয়ে আসে গদাই কে কিছু বলার জন্য,অপ্রস্তুত গদাই হাতজোড় করে নিষেধ করে এইধরনের অনুরোধ না করার জন্য ,কিন্তু পোড়খাওয়া সাংবাদিকরা ছাড়বে কেন ?তাদেরই একজন প্রশ্ন ছুড়ে দেয় গদাই কে -- আপনি জানতেন একদিন আপনার ছেলে দেশের একজন এতবড় অফিসার হবে ?

-- কতবড় অফিসার হয়েছে জানিনা,কিন্তু এটুকু জানতাম ও একদিন দশজনের একজন হবে।

-- আপনার অভাবী সংসারে ছেলেকে উচ্চশিক্ষা দিতে নিশ্চয়ই খুব কষ্ট হয়েছে ?

-- বকুল ফুল রাস্তার ধারে শত অবহেলাতেও ফুটে ওঠে ,বাবুরা কি আর বাগানে চাষ করে ?

--- তবু যদি আপনার আর্থিক অবস্থা স্বচ্ছল হতো,যদি একটা চাকরি থাকতো বা নিদেনপক্ষে কারুর বদন্যতায় একটা ছোটখাটো ব্যবসা থাকতো তাহলে হয়তো আপনার ছেলে মানুষ করা অনেক সুবিধা হতো ?

--- দেখুন সংসারের অভাব কখনো সন্তানের প্রতিভাকে আটকাতে পারে না, ঈশ্বরের উপর বিশ্বাস থাকলে প্রতিটা সৎ- পরিশ্রমী মানুষ তার সততার পুরস্কার সন্তানের মধ্যে খুঁজে পায় , বাকিরা হাপিত্যেশ করে মরে, আমার ছেলেই একদিন গল্প করেছিল ,দেশ স্বাধীন হওয়ার পর থেকে আজ পর্যন্ত একটা ছেলেকেও পাওয়া যায়নি যার বাবা দেশের প্রধানমন্ত্রী বা রাজ্যের মুখ্যমন্ত্রী, একটা ছেলেও এই পরীক্ষায় অংশগ্রহণ করলো না যার বাবা আম্বানি-আদনি , নিদেনপক্ষে এখানথেকেই পাশ করা একটা আইএএস, আইপিএস অথবা আইএফএস অফিসার পাঠাতে পারেনি তার সন্তানকে ইউপিএসসি রেঙ্ক করার জন্য ।অতশত জানিনে , আমি ক্লাস সেভেন পাশ করা ইশ্বর বিশ্বাসী গরীব মুখ্যুসুখ্যু একজন মানুষ, শুধু এটুকুই জানি , তোমার জমানো বাড়ী গাড়ি জমি জায়গা সব একদিন চলে যাবে ,কিন্তু সততা আর নিষ্ঠা দিয়ে সন্তান মানুষ করলে সেই সন্তান একদিন মানুষ হয়ে রয়ে যাবে। অনেক বেলা হলো আমি যাই, বাবুর দোকান খুলতে হবে, ওঁম শান্তি !!.

হাজারো করতালিতে ফেটে পরলো জনতা , সভামঞ্চের অতিথিরা তখন স্তব্ধ, গদাই মঞ্চ থেকে নেমে জনতার জালে মিশে যায় , নাসিম সাহেবের চোখে তখন গভীর শূন্যতা নেমে আসে। ...

21

তবুও তোমারই জন্য-সৃজিতা

অমলেন্দু স্যারের ব্যাচে পড়া শেষ হতে না হতেই খুব জোরে সাইকেল ছুটিয়ে বেড়িয়ে পরলো মধুজা।

অমলেন্দু স্যারের পড়ার ব্যাচটা ওদের বাড়ি থেকে সাইকেলে দশ মিনিটের দূরত্ব। এখানে স্যার ওদের একটা বাড়ির একতলা ভাড়া নিয়ে ক্লাস ইলেভেনের এডুকেশন পড়ান। চার মাস হলো মধুজা ভর্তি হয়েছে এখানে। ওর বন্ধু মিঠি প্রথম থেকেই পড়তো, পরে মধুজাও ভর্তি হয়। সপ্তাহে তিনদিনের মধ্যে রবিবার পড়া কখন শেষ হবে তার জন্য সারা সপ্তাহ অপেক্ষা করে বসে থাকে মধু।

সাইকেলে ঝড় তুলে মধু আর মিঠি পৌঁছে গেলো মিঠিদের পাড়ায় রানীবাজারের হরিদার মোমোর দোকানে। প্রত্যেক রবিবারই আসে ওরা এখানে। কিন্তু মধু শুধুমাত্র মোমোর জন্যই এখানে আসে না, ও এখানে আসে মোমোস্টলের মুখোমুখি যে তিনতলা বাড়িটা আছে, ওর দোতলা বারান্দাটার টানে, প্রত্যেক রবিবার বিকেল পাঁচটা থেকে সাড়ে ছ'টার মধ্যে মোমোস্টলে গেলে একবার না একবার দেখা যায় সেই মানুষটাকে যে দোতলার বারান্দায় এসে দাঁড়ায়, মধু সারাসপ্তাহভর অপেক্ষা করে চলে রবিবারের সন্ধ্যের সেই মূহুর্তটার..যখন অভ্র ওই তিনতলা বাড়িটার দোতলার বারান্দায় চায়ের কাপ হাতে অথবা এমনিই এসে দাঁড়ায়।

মধুর সেই সময় মনে হয়, ভুল বলে তারা..যারা বলে সময় কারুর জন্য থেমে থাকে না। অভ্রদা এলে সত্যিই তো চারপাশে সমস্ত কিছু থমকে গিয়ে ঝাপসা হয়ে যায়, মধুর চোখদুটো কেমন ভারী হয়ে আসে, অভ্রদাকে ডেকে অনেককিছু বলতে ইচ্ছা করে ওর, কিন্তু কি বলতে হবে ও সেটাই জানে না।

প্রথম যেদিন অভ্রকে দেখেছিলো মধুজা, সেদিন ওর নাম, ঠিকানা বা কিছুই জানতো না ওর ব্যাপারে। প্রথমদিন মিঠিকে জিজ্ঞেসও করেনি কিছু, কিন্তু পরপর তিন সপ্তাহ

অভ্রকে দেখার পর আর আর আগ্রহ চেপে রাখতে পারেনি ও। সোজাসাপটা জিজ্ঞেস করে দিয়েছিলো আড়চোখের ইশারায় ছেলেটা কে.. কি ওর নাম!

মিঠিই জানিয়েছিলো, ওর নাম-ধাম, কাজকর্ম সবকিছু....

সেদিন মিঠির মুখ থেকে শুনে মধু বুঝেছিলো সচ্ছল সংসারে মা-বাবার একমাত্র ছেলে ছিলো অভ্র। ভীষণ হাসিখুশি আর মিশুকে, ইঞ্জিনিয়ারিং নিয়ে পড়ে আপাতত প্রাইভেট সেক্টরেই আছে কোনো একটা। পাশাপাশি একটা এনজিওর সাথেও জুড়েছিলো। সবই ঠিকঠাক চলছিলো কিন্তু হঠাৎ বছর তিনেক আগে ওর মায়ের ক্যান্সার ধরা পরে,মাস পাঁচেকের মধ্যেই এক্সপায়ার করে যায় ওর মা। তারপর থেকে চাপ বেড়েছে কিন্তু অভ্র যতটা সম্ভব এখনও হাসিখুশি থাকার চেষ্টা করে।এনজিওর বাচ্চাগুলোর কাছেও যায়, মোটামুটি বুঝেছিলো মধুজা, কোথাও একটা অতি সাধারণের মধ্যে অসাধারণত্ব লুকিয়ে ছিলো অভ্রর মধ্যে।

আর তারপর বেশ কিছুদিন এভাবেই কেটে যায়। বার কয়েক অভ্রর সাথে চোখাচুখিও হয়ে গেছিলো মধুর। একদিন তো প্রায় বার চারেক চোখাচুখি হবার পর অভ্র নিজেই ঘরে ঢুকে গেছিলো। তারপর থেকে অভ্র বাইরে এলেই মিঠি চিমটি কেটে মুচকি হেসে মধুজাকে ইশারা করে অভ্রর উপস্থিতির জানান দিতো।

বেশ চলছিলো এভাবে, সেদিনও একটা রবিবার ছিলো। অক্টোবরের শেষ সবে তবে কেমন যেন একটা শিরশিরে ভাব ধরে গেছিলো হাওয়ায়। অন্যদিনের মতো সেদিনও মধুজা আর মিঠি পৌঁছে গেছিলো মোমোস্টলটায়। মধু পিছন ঘুরে মিঠির সাথে গল্প করছিলো। অভ্র বেরোতেই গলা ঝেড়ে চোখ পাকিয়ে মিঠি ইশারা করলো দোতলার বারান্দাটার দিকে, সপাটে ঘুরে তাকালো মধু আর আবারও চোখাচুখি হয়ে গেলো অভ্রর সাথে। অভ্র আর এক মূহুর্তের জন্যও দাঁড়ালো না বারান্দায়, সটান ঢুকে গেলো ঘরে, মিনিট পাঁচেক পর যা ঘটলো তাতে মধু নিজের চোখকে বিশ্বাস করতে পারলো না, সিঁড়ি দিয়ে নেমে মেইন গেট থেকে বেরিয়ে রাস্তা টপকিয়ে ওদের সামনে এসে দাঁড়ালো দোতলার বারান্দায় বসে থাকা সেই ছেলেটা যার জন্য মধুর প্রতি সপ্তাহে এখানে আসা। মধুকে কোনো প্রশ্ন না করে মিঠিকে জিজ্ঞেস করলো অভ্র, "কে রে মিঠি ? বন্ধু এটা তোর" ? ততক্ষণে মধুর হাল খারাপ, হাতের চেটো ঘামতে শুরু করেছে, ঢোঁক গিলতে কষ্ট হচ্ছে, একবার প্রচন্ড ঠান্ডা লাগছে তো পরক্ষনেই মারাত্মক গরম লাগছে।

মিঠি নিজের গলা যতটা সম্ভব স্বাভাবিক রেখে বললো "হ্যাঁ অভ্রদা, এটা বন্ধু আমার, স্কুলের বন্ধু আর একই ব্যাচে পড়ি"। এবার মধুর দিকে তাকিয়ে চোখে চোখ রেখে জিজ্ঞেস করলো অভ্র, "এখানে কি করতে আসা হয়" ? মধুর মনে তখন শুধু একটা উত্তরই চলছিলো, কিন্তু অতিরিক্ত ঘাবড়ে যাওয়ার জন্য যা বলার নয়, তাই বেরিয়ে গেলো মুখ থেকে, অভ্রকে বলেই ফেললো "তোমার জন্য", তারপর কোনো মতে সামনে নিয়ে বললো "না-মানে মোমো খেতে আসি এখানে"। ততক্ষণে যা বোঝার অভ্র বুঝে গেছিলো, সেদিনের মতো নাম আর ঠিকানা জেনে বিদায় নিয়েছিলো অভ্র।

এরপরে কেটে গেছে মাঝখানে দুটো মাস। ব্যাপারটা দোতলার বারান্দা হয়ে মোমোস্টল পর্যন্ত এগিয়েছে। বোকা বোকা হাসিতে আর সরল সরল প্রশ্ন আর কথায় জানান দিয়েছিলো মধু নিজের ভালোলাগার, যদিও বা মুখে কিছু বলেনি, অভ্রও ভালো-মন্দ, ঠিক ভুল সবকিছুর মাঝে বুঝিয়ে দিতো ওর মনেও কোথাও না কোথাও একটা বিশেষ জায়গা আছে মধুর জন্য। মধু বার বার বলতে চাইতো সবটা, তবুও যেন কিছুএকটা আটকে দিতো ওকে, বিশ্বাস ছিলো দ্বিধা কাটিয়ে বলবেই ও অভ্রকে একদিন না একদিন।

এভাবেই কেটে গেছিলো বেশ কিছুদিন।সেদিন ছিলো জানুয়ারি মাসের একটা বুধবার, জাঁকিয়ে শীত পড়েছিলো শহরে, পুরো শহরটাকে যেন ধোঁয়াশা আর কুয়াশা নিজের চাদরে ঢেকে নিয়েছিলো..মধুর মায়ের ফোনে মিঠি ফোন করে মধুকে দিতে বলেছিলো, আর তারপর কাঁপা কাঁপা গলায় যা জানিয়েছিলো, তা শুনে চোখে অন্ধকার দেখেছিলো মধু। মিঠি জানিয়েছিলো এক্সিডেন্ট হয়েছে অভ্রর। মারাত্মক ভাবে জখম ও..হসপিটালাইজড আপাতত। এর পর দিন তিনেক বাদে মধু জেনেছিলো মিঠির থেকে..জ্ঞান ফিরেছে অভ্রর..কিন্তু কিছুই বেঁচেছিলো না আর ওর মধ্যে..নিশ্বাস আর হৃদস্পন্দনটুকু ছাড়া। মাথায় চোট লেগেছিল ওর ভীষণ ভাবে..একটা হাসিখুশি ছেলের শেষ সম্বল হয়ে গেছিলো একটা হুইলচেয়ার।

একমাসের মতো হসপিটালে কাটিয়ে ছিলো অভ্র, এর মাঝে রোজ যেতো মধু আর মিঠি, তবে একদিনও দেখা পায়নি ওরা অভ্রর।

অভ্রকে যেদিন ডিসচার্জ করে সেটা ছিলো একটা শনিবার, পরের দিন আবার গেছিলো মধু আর দেখেছিলো হুইলচেয়ারে শূন্য দৃষ্টিতে পাথরের মতো বসে আছে সেই ছেলেটা যাকে দেখলে ওর চারপাশটা ঝাপসা হয়ে যায়।

এরপর থেকে রোজ যায় মধু, রোজ রোজ, মাঝখানে কেটে গেছে পুরো দুটো বছর, মিঠি বহু বোঝানোর চেষ্টা করেছে ডাক্তার জবাব দিয়ে দিয়েছে আর উঠবেনা অভ্র, মধু শোনে না আর শুনতে চায়ও না, ওকে মিঠি বহুবার মুভঅন করতেও বুঝিয়েছে, কিন্তু মধু শুধু জানে ওই একজোড়া ভাষাহীন চোখেই পৃথিবী থমকে আছে ওর..আর ওই পৃথিবীতে 'মুভঅন', 'ভুলে যা', 'সরে যা' এই শব্দগুলোর কোনো জায়গা নেই, শুধু জায়গা আছে ওই দোতলার বারান্দা আর রাস্তার মাঝে দূরত্বটুকু গুরুত্বহীন বানিয়ে তোলার, দোতলার বারান্দায় যে রয়েছে সে-যে খুব গুরুত্বপূর্ণ মধুর কাছে, তাকে যে জানাতেই হবে যা জানানো হয়নি তা, আর এবার আটকাবেনা মধু, কিছুতেই আটকাবেনা!

22

রেসোলিউশন–সূর্য্যানী

উফফ ওই..ওই আবার একটা নোটিফিকেশন এল | কি কুক্ষনে যে মিমি নিজের নিউ ইয়ার পার্টির ফোটোটা ফেসবুকে আপলোড করেছিল | সারাদিন ধরে লোকজন একই প্রশ্ন করে চলেছে..কি রে কোন সুখবর নাকি? মিমির হেব্বি গা জ্বলছে | আর সেই জ্বলুনিতে বেশি করে নুনের ছিটে দিচ্ছে রাজের বন্ধুর বৌয়েরা |..কি রে মিমি..সুখবর দিচ্ছিস নাকি? বা..এবার কিন্তু ওয়েটটা একটু মেনটেন কর..অথবা..ওমা..তুই এত ফ্যাশন সচেতন হয়ে কি করে অমন একটা ড্রেস সিলেক্ট করলি..যাতে তোর ভুঁড়িটা অত স্পষ্ট! ধুত্তোর..নিকুচি করেছে বলে মিমি একবার ফোটোটা হাইড করে দিয়েছিল..কিন্তু তারপর হোয়াটস্যাপ গ্রুপে সবাই পিং করা শুরু করলো! অত্যাচার আর কাকে বলে! আবার ফোটোকে পাবলিক করতে হল..আর গায়ের চামড়াটা গন্ডারের থেকে ধার করতে হল! কিন্তু লোকজন যেন একটু বেশিই প্যাঁক দিচ্ছে মিমি কে | আসলে হিংসে..হিংসে..সব জবলেস মহিলারা হিংসে করে মিমিকে.| কিন্তু রাজকে বলতে..রাজ ও বলে দিল..মোটা হয়েছো তাই মোটা বলছে..হাউ ইন-সেন-সিটিভ! রাজ আজকাল প্রায়ই বলে..যা পরে তোমায় মানায়না..সেগুলো পরো কেন? তোমার চেহারা তো আর নিধির মত নয়!..নিধি রাজের কলেজ ফ্রেন্ড..প্রাক্তন মডেল | মিমি শুনে দাঁত কিড়মিড় করে আর মনে মনে রাজের পিণ্ডি চটকায় | আজ সকালে তো অতিরিক্তই হয়ে গেল..রাজের মাসি ভোরবেলা ফোন করেছিল..জিজ্ঞেস করতে কি মিমি সুখবর দিচ্ছে কিনা..ভুল করে ঘুম চোখে তিতিবিরক্ত মিমি বলে ফেলেছে..হ্যাঁ দিচ্ছি সুখবর | কিন্তু এতে আপনার আনন্দ পাওয়ার কিছু নেই..আমার বাচ্ছার বাবার নাম অ্যাবসলিউট ভদকা ! এতক্ষনে পুরো পরিবারে ঢি-ঢি পড়ে গেছে | শাশুড়িমা ও ফোন করে ক্লাস নিলেন একটু আগে! নাহ..কিছু একটা করতেই হচ্ছে এইবার! টাইম হ্যাজ কাম টু টেক আ রেজলিউশন | ঠিক..আজ সবে থার্ড জানুয়ারী..থার্ড এপ্রিলের মধ্যেই মিমি আবার ওর বিয়ের আগের ড্রেসে ফিট হয়ে সবার লপচপানি বন্ধ করে দেবে আর রাজের মুখে একটা ঝামা ঘষে

দেবে। অফিস থেকে বেরিয়ে একটা ওলা নিয়ে সুপার মার্কেটে এসে পৌঁছোলো মিমি | ফোনের নোটবুকে একটা বিশাল ফর্দ..কি নেই তাতে..অফিসে বসে বসে লাস্ট তিনঘন্টা ধরে এই ডায়েট প্ল্যানটা বানিয়েছে ও | দুনিয়ার সব প্রান্তের সমস্ত হেলদি জিনিসই এতে ভরতি..ওটস থেকে শুরু করে গ্রিন টি..লেট্যুস থেকে শুরু করে কুইনোয়া..চেরি টোম্যাটো থেকে শুরু করে বেদানা..স্লিম মিল্ক থেকে নিয়ে স্প্রাউট সব্বাইকে খুঁজলে পাওয়া যাবে লিস্টে | ঘন্টাখানেকের প্রচেষ্টায় গলদঘর্ম হয়ে মিমি যখন সুপারমার্কেট থেকে বেরোলো..তখন প্রথম সপ্তাহের খোরাকি যোগাড় করতে গিয়েই হাজার তিনেক টাকা খসে গেছে!

রোজ সকালে ঘুম থেকে উঠে রাজ নিজের জন্য ব্ল্যাক কফি..আর মিমির জন্য বেশ মোটা করে দুধ..চিনি দিয়ে কফি বানায়..তারপর ট্রেতে দু'টো কাজু কুকি আর কফি নিয়ে গিয়ে মিমির ঘুম ভাঙায় | তারপর রাজ জিমে চলে যায়..আর মিমি আরো আধ ঘন্টা বিছানায় গড়িয়ে ওঠে ব্রেকফাস্ট বানাতে | শীতটা এবার জব্বর পড়েছে..তাই সাড়ে পাঁচ'টাতেও ঘুম ভাঙতে চায়না | অ্যালার্মের শব্দে আড়মোড়া ভেঙে রাজ দেখলো বিছানা খালি..মিমি পাশে নেই! বাথরুমে নাকি..ভেবে দেখতে গিয়ে দেখে বাথরুম বাইরে থেকে লকড | শিগগির উঠে দ্রুতপায়ে বাইরে এসে দেখলো ডাইনিং..কমন বাথ..কিচেন..কোত্থাও নেই মিমি | বাইরে বেশ অন্ধকার..আর ঘন কুয়াশা..আর এই শীতে বাইরে যাওয়ার মেয়ে তো মিমি নয় | ফোন ও নট রিচেবল বলছে | রাজ বেশ ঘাবড়ে গেল | এর প্রায় মিনিট কুড়ি পর যখন রাজ ভাবনাচিন্তা শুরু করেছে যে "আমার ছোটোখাটো..ভুঁড়িদার বউ বিছানা থেকে নিঁখোজ হয়ে গেছে" - এই মর্মার্থে কোন কোন পেপারে বিজ্ঞাপন দেবে..ঠিক সেই মুহূর্তে কুয়াশার জলে জবজবে ভিজে কাশতে কাশতে মিমি ঘরে ঢুকলো | রাজ এতটাই অবাক হয়ে গিয়েছিল আর সকাল থেকে উটকো স্ট্রেসে এতটাই ক্লান্ত হয়ে পড়েছিল যে মিমিকে কিছু জিজ্ঞেস করে উঠতে পারলোনা | কিন্তু রাজের অবাক হওয়া আরো বাকি ছিল | রাজ দেখলো মিমি কিচেনে গিয়ে ফড়াৎ করে একটা পাউচ ছিঁড়ে কিছু একটা কাপে চুবিয়ে সেটাকে মাইক্রো তে ভরে দিল..আর গ্লাসের জলের মধ্যে হাত ঢুকিয়ে কিসব গুপ্ত জিনিস বের করে টপাটপ মুখে পুরে দিল | কৌতুহলবশত রাজ এবার জিজ্ঞেস করলো..কফি খাবেনা? মিমি উত্তর দিল..না! রাজ অবাক! মিমি বললো..আজ থেকে শুধু কফি কেন..আমি সব পুরোনো অভ্যেস ত্যাগ করবো | সক্কালবেলা ঘুম থেকে উঠে প্রথমে পাঁচ কিলোমিটার হাঁটা..তারপর ফিরে এসে গ্রিন টি আর ভিজোনো বাদাম | এরপর ব্রেকফাস্ট | ওই লুচি..পরোটা..উপমা..চিলা এইসব বাদ..তার বদলে এক বাটি ওট পরিজ আর দু'টো এগ হোয়াইট | তারপর এগারোটায় ফল..দুপুরে এক কাপ ভাত..স্যালাড..টক দই..মিমি বলে চললো..রাজের মনে হচ্ছিলো মিমি ওজন কমানোর নয় অদৃশ্য হবার ডায়েট প্ল্যান ফলো করছে!

আজকাল মিমির মেজাজটা বেশ খিঁচড়ে থাকে | রাত্তিরে ভালো ঘুম হয়না..সারারাত ওটস..গ্রিনটি আর ডিটক্স ওয়াটারের দু:স্বপ্ন ওকে তাড়া করে বেড়ায় | তিন সপ্তাহ হল ডায়েট শুরু করেছে কিন্তু একশো গ্রামও ওজন কমেনি | এদিকে জিম করে করে গায়ে গতরে এমন ব্যাথা যে কহতব্য নয় | ভুঁড়ি যেমনকার তেমনি আছে | লোকে এখনো গুড নিউজ..গুড নিউজ করে উৎপাত করছে..! মিমি আজকাল বাইরে বেরোনোও কমিয়ে দিয়েছে..| একদিন একজনের জন্মদিনের পার্টিতে গিয়েছিল মিমি | সেখানে চকোলেট কেক থেকে শুরু করে..মাটন বিরিয়ানি..কেবাব..চাঁপ..সবই ছিল | মিমি নিজের জন্য দালিয়ার খিচুড়ি বানিয়ে নিয়ে গেছিল | সবাই যখন বিরিয়ানি খেল..মিমি তখন লোকজনকে নজর দিতে দিতে দালিয়া চিবোলো | আর তার পরদিন সব্বাই পটি আর বমি করে অস্থির | অশিক্ষিতর দল বলে কিনা মিমির নজরেই এসব হয়েছে..কারুর গোরু মগজে এইটুকুও বুদ্ধি কুলোলোনা যে ব্যাপারটা ফুড পয়জনিং ছিল | মিমি খায়নি তাই বেঁচে গেছে | মিমি রিয়্যাক্ট করাতে সব দাঁত বের করে বলে..চিল মিমি..আমরা তো মজা করছি! মজা..এটাকে বুলি করা বলে রে ছাগলের দল | তার ওপর গুড নিউজ না হলেও..তার উপসর্গ গুলো কিন্তু দিব্যি আছে | সকালে গ্রিনটি মুখে দিলেই শুরু হয় গা গোলানো...ওয়াটার ইন্টেক হঠাৎ বেড়ে যাওয়ায় পা ও ফুলছে..সারা দিন স্যালাড চিবিয়ে থাকায় জিভের স্বাদকোরকের অকালমৃত্যু ঘটেছে তাই খাবারেও রুচি নেই..অতিরিক্ত ঘাস পাতা খেয়ে পেটে দিনভর মোচড়ানোর মত ব্যথা | সঙ্গে যোগ হয়েছে স্কিন ইস্যু..পিম্পল | কাল মিমি আর রাজের তৃতীয় অ্যানিভার্সারি | মিমির মাথাটা এতই খারাপ হয়ে আছে যে..অলমোস্ট রাজকে মেল পাঠাতে যাচ্ছিল যে আই ওন্ট বি এবল টু জয়েন য়্যু গাইজ টুমরো! তারপর মনে পড়লো রাজ ওর বর হয়..কোলিগ নয় | ওই ব্যাটাই যত নষ্টের গোড়া..ওর বন্ধুর বউদের চক্করে মিমির জীবনে শান্তি নেই | এই ডায়েটের চক্করে যদি মিমি পটল তোলে..পেত্নী হয়ে সবার আগে রাজের ঘাড়টাই মটকাবে ও !

পরদিন সকালে একটা পরিচিত চেনা গন্ধে ঘুম ভাঙলো মিমির | আহ..আশেপাসে কেউ ব্রাউনি বেক করছে | কথাটা মনে হতেই মুখটা ভেটকে গেল..করছে তো করছে..আমার তো আর কপালে নেই এসব..যাই গিয়ে নাক টিপে অখাদ্য পান করি! বেডরুম থেকে বেরিয়ে ডাইনিংয়ে আসতেই চোখে পড়লো টেবিলে ধোঁয়া ওঠা ব্রাউনি রাখা | ধোঁয়ার গন্ধটা যেন মিমিকে - আয়রে হ্যাংলা..আমায় খাবলা..করে ডাকতে লাগলো | অদ্ভুত ছেলে তো! জানে মিমি ডায়েটে আছে..তাও এসব ঘরে এনে এমন করে টেবলে সাজিয়ে রাখার মানেটা কি? আসলে এসব চাল! ভাবছে মিমি পা ফস্কাবে আর সেটা নিয়ে বন্ধুদের সাথে খিল্লি করা যাবে! কি অপোগন্ড বর মাইরি! মিমি অনিচ্ছাসত্ত্বেও ইগনোর করতে যাচ্ছিল কিন্তু মনে হল ব্রাউনি ট্রের তলা থেকে একটা চিরকুট টাইপের কিছু বেরিয়ে রয়েছে | মিমি আর রাজের ঝগড়া চলছে..আর মিমি রাজকে হোয়াটস্যাপ..ফেবু সর্বত্র ব্লক করে রেখেছে..তাই এই চিরকুট ব্যবস্থা | ঢং

যত...মনে মনে ভেবে চিরকুট টা বের করলো মিমি | তাতে বড় বড় করে লেখা - "আমার বার্বি নয়..টেডি বেশি পছন্দ..বি মাই টেডি "...অনেকদিন পর ভ্যাঁ..ভ্যাঁ করে কাঁদলো মিমি..তারপর ব্রাউনিকে আক্রমন করলো ! উফফ..স্বর্গ..!

23

ক্ষর-অক্ষর সংবাদ চন্দন পাত্র

(সম্পাদকের দপ্তরে লেখক)

লেখক....পান্ডুলিপিটা যদি আরও একবার বিবেচনা করেন!

সম্পাদক.......লেখাটা ভালোই কিন্তু বড্ড রাজনীতির গন্ধ।

লেখক.........মানুষের সুখ-দুখের লেখা, রাজনীতি আসবেই।

----অনেক মঞ্চে, আপনার সমাজ সচেতনতা মুলক বক্তব্য শুনেছি।

সম্পাদক--হ্যাঁ,মানুষ হিসেবে, দেশ তথা সমাজের সমস্যাগুলো ভাবা প্রত্যেকের কর্তব্য। বক্তৃতাগুলো ছিল বৃটিশসরকারের বিরুদ্ধে, ওরা শুনতে আসলে কী বলতে পারতাম ?

লেখক ..আমার লেখাটাতে, মনীষীদের আদর্শের কথাই রয়েছে, ছাপতে পারতেন।

সম্পাদক... লেখাটা যে রাজা-মন্ত্রীদের বিরুদ্ধে, ছাপলে আপনিও জেলে আর আমার ব্যবসা'টিও বন্ধ।

লেখক... তাহলে,লেখকদের কী নিয়ে লেখা উচিত?

.সম্পাদক... কেন ? মানুষের দুঃখ-দুর্দশা না ভেবে প্রেম-প্রকৃতি, ভুতেরগল্প, ভ্রমনকাহিনী ইত্যাদি

লিখুক; ঝামেলা, হুমকি কিস্যু থাকবেন bসাহিত্যিকরা সমাজ নিয়ে ভাববেন কেন?

লেখক... সাহিত্যিকরা, সামাজিক ঋণ পরিশোধ করবেননা ?

সম্পাদক.. ঋণ? পরিশ্রমের জন্য সমাজবন্ধুরা মজুরি নেয়, শরৎ-সুকান্ত-নজরুল সাহিত্য এখন চলবেনা। যুগোপযোগী সাহিত্য লিখুন, অক্ষরগুলোকে ডামাডোলে ভ্যাবাচেকা থাইয়েঅযৌক্তিক গল্প ফেঁদে বেস্টসেলার হয়ে যান।দু'পয়সা আসবে

আপনারও; আমাদেরও।

লেখক... দেশপ্রেমের চর্চায় সাহিত্যের ভূমিকা যে অপরিহার্য !

সম্পাদক.. ধেৎ মশাই, দেশে বেঁচে থাকাটাই দেশপ্রেম। জনদরদী'র ভান করুন। সবাই ক্ষুদিরাম হয়ে শহীদ হলে, মালা পরাবে কে ? বিয়ে-থা করেছেন, নির্ঝঞ্ঝাটে বাঁচুন। খামোখা পরের জন্যে, প্রানটা খুইয়ে লাভ কী ? সাতে-পাঁচে নয়, বারো'তে থেকে মেরে কেটে খান।

লেখক... তাহলে, কবি-সাহিত্যিকদেরকে ধৃতরাষ্ট্র সেজে সমাজের বস্ত্রহরণের সমর্থক হতে বলছেন? সমাজ বিবস্ত্র হলে, সভ্যতা'টা নগ্ন হবেনা কী?

সম্পাদক... হোক---সভ্যতাটা আপনার পৈতৃক সম্পত্তি নয়।

লেখক... অর্থাৎ---,সাহিত্য অস্ত্র নয়; বিনোদন, তাই ত?

24

বাঁচা-পৌষালী

তাঁর পেছনে মুখ টিপে সবাই হাসে সেটা ভালোই বোঝেন কুন্তল বাবু। তবে তার কিছু যায় আসে না। কৃপণ না হলে ধনী হওয়া যায় না। আর সুযোগ্য সঙ্গী হিসাবে পেয়েছেন মালাদেবি কে। এই একটি ব্যাপারে তারা রাজজোটক,মানে "made for each other ". বাধ সাধে শুধু এক মাত্র মেয়ে উর্মি। সব ই যে তার জন্যে সেট সে বোঝে না ... তার শুধু চাই চাই। বড়ো অবুঝ সে।

বাবার থেকে বাড়িটা বেশ বাগানো গেছে ছে। তিন বোনের বিয়ে আর কুন্তল বাবু কে মানুষ করতে গিয়ে আর কিছুই নেই তার বাবার শুধু এই বাড়ি ছাড়া। আর সেটাও যদি বোনেদের কে ভাগ দিতে হয় , তাই একটু বুদ্ধি খরচ করে বাড়িটা নিজের নাম লিখিয়ে নিলেন তিনি। তাই বাবা যেদিন মারা গেলেন সেদিন উনি একটু ভয়ে যে পান নি তা নয়, তবে কি না তিনি বিষয়ী মানুষ .. বোনেরা যাতে সম্পত্তি না পায় সেই জন্য খানিক খরচাও করতে হয়ছে। খরচা করেও যে বাড়ি টা হস্তান্তর হয়েছে তাতেই তিনি খুশি ...লাভ ক্ষতির অঙ্কে লাভ টা ভালই হয়েছে তা বুঝতে অসুবিধা হলো না।

এদিকে পরের বছরে উর্মি র বিয়ে দিতে হবে অনিমেষের ছেলে সঞ্জয় এর সাথে। যেমন ভাবা তেমন কাজ। খুব ধুম ধাম করে বিয়ে হয়ে গেল উর্মি আর সঞ্জয় এর...।

এতে কৃপণতা করা চলে না কিন্তু পর পর দু বার খরচ এর পর একটু বেশি সঞ্চয়ি হেয় গেলেন কুন্তল বাবু। একটু গুছিয়ে নিয়েছেন তার মধ্যেই . মাত্র সাত দিনের ডেঙ্গি তে মারা গেলেন মালাদেবী। কুন্তল বাবুর মন আর কমোড় দুটোই ভেঙ্গে গেল।

আজ তিনটি বছর হল তিনি শয্যাসায়ী। নিজের সাধের তিনতলার ঘড় ছেড়ে নিচের র তলায় ছোটো একটি ঘড়ে আজ তাঁর স্থান হয়ছে। বিছনাটাই তার একমাত্র যাওয়ার যায়গা।

মৃত্যুপথযাত্রী হয়ে আত্মগ্লানি রূপ ঝোরে পরেছে চোখের জল।

ভাবছেন কি বড়ো ভুল করেছেন তিনি। মরার বয়স হয়ে গেলেও বাঁচাটাই যে তার বাকি থেকে গেল।

25

মনের সায়-গোপা ঘোষ

নীলা স্নান সেরে পুজোয় বসতে যাবে মোবাইল বেজে উঠলো। স্ক্রীনে ভেসে উঠেছে অনিকেতের নাম। ভাবলো ধূপ হাতে নিয়ে এখন ফোনটা না ধরে পরে নিজেই ফোন করে নেবে। কিন্তু শান্তি মনে পুজোটা করতেও পারলো না। বারবার মোবাইলটা বেজে উঠছিল। যাহোক বেশ কিছুক্ষণ পর অনিকেতের মোবাইলে ফোন করে রীতিমত অবাক হয়ে গেলো নীলা। অপরিচিত গলায় কেউ জানালো "এই মোবাইল ফোনটা যে ভদ্রলোকের তার অ্যাকসিডেন্ট হয়েছে, তাড়াতাড়ি আর জি কর হাসপাতালে চলে আসুন"। নীলার হাত পা ঠাণ্ডা হয়ে এলো। অনিকেতের বন্ধু পল্লবকে ফোন করে জানাতেই ও গাড়ি নিয়ে নীলাকে তুলে নিল। হাসপাতালে গিয়ে প্রাণটা অনেকটাই ঠান্ডা হলো। চোট তেমন গুরুতর নয় তবে ঠোঁট কেটে যাওয়ায় কথা বলতে পারছে না। প্রাথমিক চিকিৎসার পর অনিকেত কে নিয়ে বাড়ি ফিরলো বটে কিন্তু অ্যাকসিডেন্ট কোথায় হয়েছিল বা কি করে সেই কথাই মনে অনবরত ঘুরপাক খেতে থাকে নীলার। পরে অনেকবার জিজ্ঞেস করেও সদুত্তর পায় নি ও। প্রায় ভুলতেই বসেছিল এই ঘটনা যদি না সেদিন বান্ধবী ছায়ার বিয়েতে অনিকেত কে নিয়ে যেত। আসলে নীলার বিয়ের পর এই প্রথম শ্রাবন্তীর সাথে দেখা। বিয়েতে আসতে পারে নি বলে বান্ধবীর স্বামীর সাথেও এই প্রথম আলাপ। কিন্তু অনিকেমনের সায়ত কে দেখে শ্রাবন্তী প্রথমে যে চমকে উঠেছিল এটা নীলার চোখ এড়ায় নি। সেদিন আর কোনো কথা না হলেও নীলা পরদিন শ্রাবন্তীকে ফোন করে। ব্যাপারটা প্রথমে এড়িয়ে যেতে চাইলেও পরে দেখা হলে সব বলবে বলে কথা দেয়। নীলা আর দেরি করে না অনিকেত অফিসে বেরোলে শ্রাবন্তীর সাথে দেখা করে। একটা রেষ্টুরেন্টে বসে নীলাই অর্ডার দেয় খাবারের। শ্রাবন্তীর আপত্তি শোনে না। তারপর সরাসরি প্রশ্ন করে "তুই খুলে বল, অনিকেত কে তুই কি আগে থেকেই চিনতিস? শ্রাবন্তী টেবিলে রাখা জলের গ্লাসটা তুলে বলতে শুরু করে "হ্যাঁ অনিকেত আমাকে ভালোবাসতো, বিয়ের কথাও হয়েছিল কিন্তু শেষ মেষ বিয়েটা ভেঙ্গে গেলো,

শুধুমাত্র ওদের বাড়ির চাহিদা মেটাতে না পারার জন্য"। শ্রাবন্তীর চোখ চিক চিক করে উঠলো। নীলার মনে তখন তোলপাড় শুরু হয়েছে। জিজ্ঞেস করলো "বাহ, টাকা দিতে পারলো না বলে নিজের ভালোবাসাকে বলি দিয়ে দিলো?" শ্রাবন্তী টেবিলে রাখা নীলার হাতে হাত রেখে বলে উঠলো "তুই এত ভাবিস না, আমি আর কিছুতেই অনিকেতের কথা শুনবো না, ও যতই বলুক ভুল করেছে, আবার আমাকে বিয়ে করবে কিন্তু তুই না হয়েও যদি অন্য কেউ হতো তাও আমি ওকে সেদিনের মত এভাবেই মার খাওয়াতাম"। নীলা চমকে উঠে বললো "কি বলছিস, সেদিন অ্যাকসিডেন্ট হয় নি? শ্রাবন্তী এবার বেশ দৃর কন্ঠে বলে উঠলো "সব অভিনয়, আমাকে মারাত্বক বিরক্ত করার ফল পেয়েছে হাতে নাতে, এবার তুই বুঝিয়ে দিস, কারণ আর আমি রাস্তা ঘাটে এইসব সহ্য করবো না, দরকার হলে পুলিশ ডাকবো"। সেদিনের ঘটনা জলের মত পরিস্কার হয়ে গেলো নীলার কাছে। ভাবলো যে লোক পয়সার জন্য ভালোবাসাকে ছুঁড়ে ফেলতে পারে আবার পয়সা পাওয়ার পর সেই ভালোবাসাকে ফিরে পেতে চায় তাকে আর কিছু বললেও ঠিক মানুষ বলা যায় না। নীলার আর অনিকেতের সাথে সংসার করা হয়ে ওঠে নি, ওর মন সায় দেয় নি।

26

তাবিজ অভিজিৎ গুপ্তা

আজ এমন এক মহাপুরুষের কথা বলব যাকে মনে করলে এখনো আমার দুটি হাত জড়ো করে প্রণাম করতে ইচ্ছে করে। একদিন আমি, বাবা আর মা দেখা করতে গিয়েছিলাম মাতৃ সংঘের আশ্রমে সেই মহাপুরুষ টির সাথে। স্বচক্ষে আমরা দেখলাম খালি গায়ে উত্তরীয় জড়িয়ে আমাদের সামনে শিব ঠাকুরে বসে আছেন। তার শরীর থেকে একটি অসাধারণ জ্যোতির ছটায় সারা ঘর যেন আলোকিত করে তুলেছে। অদ্ভুত রোমাঞ্চকর একটা অনুভূতি হল সবার, যা ভাষায় বর্ণনা করা অসম্ভব। আমার মা গুরু মহারাজের পায়ে পড়ে অঝোর ধারায় কাঁদতে লাগলেন। তিনি মাকে বললেন "মা তুমি কান্নাকাটি করোনা। তুমি আমার কাছে ঠিক জায়গায় এসেছ। মা তারা তোমার কষ্ট দুঃখ অবশ্যই নিবারণ করবেন।" তখন আমি বললাম যে "স্বামীজি আমার অনেক বড় অসুখ হয়েছে। ডাক্তার বাবু বলেছেন মেনিনজাইটিস, আমার সব পড়াশোনা প্রায় বন্ধের মুখে, আমি ক্লাসের ভালো ছেলে, আগামী মার্চ মাস থেকে স্কুল ফাইনাল পরীক্ষা শুরু হবে, আপনি আমাকে আশীর্বাদ করুন যেন আমি সুস্থ শরীরে ভালো করে পরীক্ষা দিতে পারি।" সেই জ্যোতির্ময় স্বামীজি আমার কথা শুনে নিজের চোখ দুটি অনেকক্ষণ বন্ধ রাখলেন। তারপরে আমার মাথায় হাত রেখে আশীর্বাদ করে বললেন "চিন্তা করিস না, পরীক্ষা খুব ভালো হবে। পরীক্ষা দিয়ে যেমন মামার বাড়িতে যাস তেমন যাবি।একটা তাবিজ শুধু পড়তে হবে। আর আমার কাছে আসার কোন দরকার হবে না"।

ওনাকে প্রণাম করে সেদিন আমরা বাড়ি চলে এসেছিলাম। এরপরে বাড়িতে ফিরে এসে আমার অদ্ভুত অনুভূতি হলো আর জ্বরও কমে গেলো। ধীরে ধীরে। পরীক্ষার জন্য পড়ার নেশায় ব্যস্ত হয়ে গেলাম। পরীক্ষার শেষে সবাইমিলে মামার বাড়ি চলে গেলাম। এক বিকেল বেলায় পূর্নিয়াতে মামার বাড়িতে গিয়ে একদিন বড় রাস্তায় আমার মামার ছেলের সাথে এক চায়ের দোকানে বসে আড্ডা দিচ্ছিলাম। হঠাৎ একটা পাগল লোক রাস্তায় ডুগডুগি বাজিয়ে গান গেয়ে গেয়ে নাচতে দেখলাম। আমি আমার মামাতো

দাদার থেকে জানলাম ওই লোকটি প্রায় ই রাস্তায় ডুগডুগি বাজাতে বাজাতে গান গেয়ে পথ চলে। হঠাৎ লোকটি আমার কাছে এসে বলে বসলো "দে দে আমাকে টাকা দে। তোকে আমি একটা জিনিস দেব।" আমি ওকে পাঁচ টাকা দিতেই ও নিজের ধূতির কোঁচা থেকে একটা তাবিজ বা মাদুলি বের করে বলল "নে এটা তোর জিনিস"। এই কথা বলে ক্ষনিকের মধ্যেই সে উধাও হয়ে গেল। একটু পরেই আমার দাদা চায়ের দোকান থেকে বেরিয়ে এসে বললো "দেখি তোকে পাগলটা কি দিয়ে গেলো?" আমি বললাম যে "এই তাবিজটা দিয়ে গেলো"। হাতে পেয়েই আমার মনে পরল মাতৃসঙ্ঘে মহারাজজির কথা। আমি তখন দিগ্বিদিক জ্ঞান শূন্য হয়ে মামার বাড়ির ভিতরে ছুটে মায়ের কাছে গিয়ে তাবিজটা দিয়ে বললাম "দেখো মা, এলাহাবাদের মহারাজ জীর কথা ঠিক, আমাকে শীঘ্রই তাবিজটা পরিয়ে দাও"। মা ভীষন আশর্য হয়ে ঠাকুর ঘরে গিয়ে ঠাকুরকে প্রণাম করে লাল সুতো দিয়ে তাবিজটা বেঁধে দিলেন। তার কথা অনুযায়ী একটি তাবিজ আমার পাওয়ার কথা ছিল কিন্তু তার স্থান-কাল পাত্র কিছুই জানতাম না। সেবার ফার্স্ট ক্লাস পেয়ে পাস করেছিলাম। পরে ন্যাশনাল স্কলারশিপ পেয়ে মা আর আমি গেলাম মাতৃ সংঘের সেই আশ্রমে। উদ্দেশ্য মায়ের পুজো দেওয়া। কিন্তু গুরু মহারাজের দর্শন পেলাম না। উনি সেই সময় কলকাতায় চলে এসেছিলেন। এই ঘটনাটি আমার জীবনের একটি বাস্তব সত্য এবং অলৌকিক ঘটনা এখনো কাউকে এই ঘটনাটি বলতে গেলে আমার শরীরে আজও কাঁটা দিয়ে ওঠে।

www.ingramcontent.com/pod-product-compliance
Lightning Source LLC
LaVergne TN
LVHW041554070526
838199LV00046B/1968
* 9 7 9 8 8 8 9 8 6 1 1 4 0 *